KB115803

문학과지성 시인선 531

반과거

장승리 시집

문학과지성사

문학과지성사에서 펴낸 장승리의 시집

무표정(2021, 시인선 R)

문학과지성 시인선 531
반과거

초판 1쇄 발행 2019년 7월 30일
초판 4쇄 발행 2024년 5월 10일

지 은 이 장승리
펴 낸 이 이광호
주   간 이근혜
편   집 박선우 이민희 조은혜 김필균
펴 낸 곳 ㈜**문학과지성사**
등록번호 제1993-000098호
주   소 04034 서울 마포구 잔다리로7길 18(서교동 377-20)
전   화 02)338-7224
팩   스 02)323-4180(편집) 02)338-7221(영업)
전자우편 moonji@moonji.com
홈페이지 www.moonji.com

ⓒ 장승리, 2019. Printed in Seoul, Korea

ISBN 978-89-320-3557-4 03810

이 책의 판권은 지은이와 ㈜**문학과지성사**에 있습니다.
양측의 서면 동의 없는 무단 전재 및 복제를 금합니다.

이 도서의 국립중앙도서관 출판예정도서목록(CIP)은 서지정보유통지원시스템 홈페이지
(http://seoji.nl.go.kr)와 국가자료공동목록시스템(http://www.nl.go.kr/kolisnet)에서
이용하실 수 있습니다. (CIP제어번호: CIP2019027731)

문학과지성 시인선 531

반과거

장승리

시인의 말

네가 내게 온 건 어제 일 같고,
네가 나를 떠난 건 아주 오래전 일 같다.

2019년 7월
장승리

반과거

차례

시인의 말

해설

유월

나비의 바닥을 본다

죽음은 저것보다 높은가

저기에 배를 대본 적이 있는가

죽음보다 높이 난다

죽어가는 나비는

바닥이 배를 대고 있는 곳으로

훨훨

잠시

손 하나가

날개를 스친다

뜨겁지도 차갑지도 않은 그 손을

나비가 본다

안녕, 나의 영원

중얼거린다

고라니

척추가 산산조각 나 주저앉는 일
길을 앞에 두고 길을 찾는 일

일시에 사라진 몸의 무게를
앞발은 감당할 수 없다

되돌아가는 일이 끝나지 않을 때
길은 어디에서 시작되는가

고통의 고요가
두 눈을 감긴다

기다린다
다가오는 모든 것을 뺀 모든 것을

하나

눈동자에서 눈동자로
새가 가라앉는다

출렁이는 하늘 아래
울다가 잠이 깬 여인들

날개가 물로 흐르는 곳에서
슬픔은 위임이다

얼룩이 창문을 닦는다
아홉 손가락이 젖는다

그 후

죽은 돼지 옆 죽어가는 돼지의 눈빛
노란색이 빠진 무지개

거울을 뚫고 나온 구멍이
나를 메우는 순간

끝의 유년을 향해
회전목마를 타고

앞으로 앞으로
눈물은 둥그니까

언제 제일 슬퍼?
내가 아이처럼 웃을 때

폭식

눈물은 숟가락 같고
나는 배가 너무 고파서
못다 한 이야기,
못다 할 소음은 왜
침묵이라고 불리나요
숟가락 위 작은 새
작은 새 아래 죽은 새
경계가 가장 가려워요
참지 못하고 또 긁어요
상처가 번지고
경계가 이동해요
경계 아닌 곳이 없는 곳에서
나는 죽은 새를 만질 수가 없어요
한 번만 더 말할게요
나는 작은 새를 사랑해요

에덴의 서쪽

나뭇잎으로 가려지지 않는 앙상함

허기를 추월한

더 이상 발라낼 수 없는 빛 앞에서

눈이 부시다

셀 수 없는데도 부족하다

좁은 문

천국에서는 오른쪽으로만 걷는데

왜

왼쪽이 없으니까

왜

완벽하니까

왜

완벽해야만 하니까

왜

네가 없으니까

왜

천국이 아니니까

왜

오른쪽으로만 걸으니까

합창

까치가 흙을 판다

들리니

저 빗소리는 죽은 자들의 박수 소리 같아

하늘에서 내려와

이제

땅을 내려봐

거미줄

바람과 바람이 부딪치는 소리가 들렸다

오른쪽 창문을 닫았다

송곳니가 보였다

문턱 위의 무덤 같았다

나머지 눈을 떴다

눈앞의 거미가 꼼짝도 하지 않았다

사랑해

모르는 말이 그렇게 나를 주인으로 점찍기도 했었다

화요일

월요일

수요일

목요일

금요일

토요일

일요일

월요일

나의 일주일

이 리스트가 당신에게 선물이 될 수 있을까요

맹목

나는 왜 당신이 보고 싶은 게 아니라
보고 싶지 않을 때까지 보고 싶은 걸까요

맹목

너는 한쪽 눈만 감고
나는 한쪽 눈만 뜨고

보고 싶어요

머나먼 눈에 이끌려
얼룩진 길을 걷다 보면

보고 싶어요

날개가 어떻게
나비를 고정시키는 핀이 되는지

보고 싶어요

숟가락으로 벽을 파다 어떻게
파먹게 되는지

신의 결혼식

삶이 사랑을 방해한다*
어디에 있는지 분명히 알고 있는데
어디에서 너를 찾아야 할지 몰라 헤매고 있는 심정이
나를 놓아주지 않는다
창밖의 나무는 5분 전보다 작아져 있다
후회를 허락하지 않는 순간
광기는 나무보다 논리 정연하구나
0과 눈높이를 맞출 수 없는 사랑은 삶에게
매일매일 첫날밤
그 누구의 옷도 아닌 내 옷을 벗기려고 나는 얼마나 애
를 썼는지

* 주앙 세자르 몬테이로 감독의 「신의 결혼식」(1999).

21

직각의 바다

어떤 추락은 너머가 된다

기억을 염려하는 순간
미리 슬프다는 감각에 몸서리친다 나는

질 수 없는 놀이에는 흥미를 갖기 어려웠다
왼쪽에서 오른쪽 방향으로 글씨를 쓰는 것과
hi를 하이라고 발음하는 것이 힘들었다
한 대도 보이지 않는 자동차가 빨간 신호등을 소외시
킨다
짬뽕 국물을 핥고 있는 길고양이의 혓바닥과
측면으로 보이는 남자의 길고 아름다운 속눈썹 사이에
서 나는

이다와 아니다가 아니다와 이다여도 무관한 문장

나는 널 몰라라는 말도 있는데
너는 날 몰라라는 말을 굳이 해야겠니
잊을 일이 없으니 만날 일도 없는 거라며

중력을 믿지 못해 뛰어내렸니

항상이라는 열린 문 앞에서
갇힌 기분이었다 나는

접히면 꺼질 거 같아

세상에서 가장 꼴불견인 것은 악마가 절망에 빠져 있
는 꼬락서니죠
메피스토펠레스가 말했다
주제 파악을 하고 있다면
악마는 악마인가

평화롭게 노를 저어 가고 있다
지각의 바다에서
왼쪽으로 넘이긴 기역 자를
기억하지 못하는 나를 나는

보고 있다

나방

세 장의 낙엽으로 분해되어
꿈 밖으로 떨어진다
밖은 춥고 그 밖은 더 춥고
안은 없고 그 안은 더 없고
슬픈 집들은 성처럼 보인다*

* 제오르제 바코비아, 「신비」(『납』, 김정환 옮김, 문학과지성사, 2007).

나방

그림자를 기다린다
그림자는 급소가 없다
그림자를 기다린다
그림자만 한 급소가 없다
그림자가 그림자를 가격한다
급소만 한 내가 없다
나는 없다
그림자가 기다린다

투우

너의 침묵이
나를 묻다

너의 침묵을
나는 묻다

네게도
네 침묵에게도 아닌
그냥 침묵에게
말을 건네는 느낌
그 침묵과 나누는 이야기를 네가
엿듣는 느낌
수신자가 어떻게 순식간에 침입자가 될 수 있는지
모든 것이 더 느리게 느리게
아파하는 느낌
너무 힘들다는
너무 길다는 말을 떠올리는
순간

침묵의 등 깊숙이
창을 찔러 넣는다

솟구치는 피
너와 나의 매듭

생의 한가운데

너는
처음 본 절벽
떨어지는 내내 너와
눈 마주칠 수 있다니

나

고통과 죽음 간 최장 거리

버려진 수많은 개의
단 하나의 시선

나

물이 되길 바랐니

흘러가길 원했니

바닥에 닿지 못하고 떠도는

눈물의 수심

묻지 않는 사람에게

대답하는 일

더 많은 nothing

맞은편 창문으로 보이는 내 뒤통수는 나에게 그만하라는데 그만해야지라는 그만할 수 없다는 말을 중얼거리며 나는 무엇을 노려보고 있나 오늘은 흔들리는 어제 내일은 없는 창문 그 너머 너에게 보내는 편지에 왜 내가 답장을 해야 하는지 너에게 받지 못한 답장을 내게 받는 매일 매일 해를 향해 뒤로 걷는 나는 너에게 답장이 아닌 것을 받고 싶었다 너무 많은 nothing이라는 답장을 또 받았다

고도 애도

어떻게 울어야 할까요
직박구리가 물고 있는 나방의 날개
그 無用의 안간힘으로
기다리다 기다리다
기다림까지 잃어버린다면

물새

우리의 이별은

요지부동의 숲

스치는 바람은

슬픔의 둥지

모든 이유를 거두고

가라앉는 날개

이제는

물속에서만 사랑할 수 있다

문은 시작한다

그는 문을 닫고 시작한다

우는 것도 울음을 멈추는 것도

나가는 것도 들어오지 않는 것도

문을 닫고 시작한다

문은 시작한다

그는 열리지 않는다

전쟁과 평화

아무것도 없었다

그만큼의 풍경이 보였다

필사적이었다

피는 하나의 덧칠이었다

너를 죽이기 위해

그만큼의 無가 되었다

열정

표적이 화살보다 늦게 도착하는 곳
그곳의 모든 나무는 부재중이었다

선물

처음 본 두 여자가 내게서
나는 맡을 수 없는 냄새가 난다고 흉을 본다

나는 그들에게 돈을 주고
너는 그런 날 경멸한다

미안하다 미안하다
나도 모르게 나는 나를 모른다

부적절한 사과에 대해 사과부터 하고
나는 선물을 들고 있어야지

혼돈이 정리 정돈을 끝낼 때까지
너만 아름다우니

자기만의 방

모서리를 봐야 해

벽이 물이 되기 전에

모서리를 지켜야 해

응시의 응시가 발소리가 되기 전에

모서리를 치켜들어야 해

그 누구도 날 때리지 못하게

한여름 밤의 인테리어

엄마, 왜 새로 단장한 내 방에는
창문이 없는 거지요
동생들 방에 있는 창문이
내 방에는 왜?

내 방에는 왜?
이 질문은 엄마가 모르는 내 방이 되었고
알 수 없는 이유는
그 방의 창밖 풍경으로 눈부실 거고

대답 없이 설거지를 계속하는 엄마,
괜찮아요
엄마는 언젠가 내게
커튼 대신 눈물을 바꿔보라고 말했으니까요

가설

어제 나는 목을 매단 어린이

엄마는 그런 나를 벽에 액자처럼 걸어놓고

나는 나를 바라본다

이를 연속해서 두 번 닦는다

여전히 밥알이 입안에서 돌아다닌다

풍향계

바람을 타라고 죽은 그녀가 말한다

나는 앞뒤로 몸을 흔든다

아니 아니 바람을 타라고 또다시 말한다

나는 좌우로 몸을 흔든다

아니 아니 아니 나뭇가지를 떠나지 않고 까치가

한자리에서 계속 방향을 바꾼다

눈사람

다른 이유로 눈이 내린다

쌓이지 않는 눈으로

아이는 없는 유년으로

눈사람을 만든다

작은 눈물 위에

더 작은 눈물을 올려놓고

너의 플래시 속으로 들어간다*

눈사람만이 기적을 믿는 곳으로

* 기형도, 「나의 플래시 속으로 들어온 개」(『입 속의 검은 잎』, 문학과
지성사, 1989)를 참조.

꽃다운 나이

흙을 닦는다

없는 얼굴이

없었던 얼굴이 되도록

없었던 얼굴이

깨끗한 얼굴이 되도록

호위병들

나를 지켜주는

내 죽음을 지켜주는

너무 많은 브레이크가

내게 물었다

왜 바퀴가 없냐고

하던 비질을 계속했다

좌석에 앉아 있던 前生이

발을 들어주었다

다음 정거장이 도착할 때까지

불투명 인간

속치마가 치마보다 길었다

스타킹이 흘러내렸다

뺨 어디쯤의 뒤통수를 끌어 올리고 싶었다

500원짜리 동전 두 개가 필요했다

아빠의 똥 냄새가 기억나지 않았다

옴짝달싹할 수 없이 자유로웠다

달콤한 인생

내가 한 말 하나에도 겁을 먹었어 무수하게 취소한 말
들이 비로 내렸어 비가 시체를 건너뛰었어 시체가 웃음
을 터뜨렸어 달콤한 것들이 얼마나 짠지 계속 물을 들이
켜야 했어 갈증이 비를 취소했어 저 비를 잊어버리면 안
되는데 안 되는데만 기억이 났어 엄마를 때렸어 잘못했
어와 미안해를 구분하지 못했어 모르는 걸 아는 것보다
모르지 않는 걸 아는 것이 더 어려웠어 사면이 예리한 유
리와 춤을 추는 동안 붉게 지는 해가 아름다웠어

1308호실

어떻게 숨을 쉬지

먼지보다 가벼운 창밖으로

목소리가 추락한다

바닥이 희박하다

왼쪽 날개가 오른쪽 날개에게

아듀

다시,

숨 쉬는 법부터 배워야 한다

환상곡

너와 시선이 마주친다

영원이 연모하는 이 순간

無의 귓등에 안경을 걸친다

완벽한 흠집이 필요하다

환상곡

열쇠를 반으로 잘라
그중 하나를 나에게 주세요

열쇠의 반이
반의 열쇠가 될 수 있을까요

반을 열면
하나가 될 수 있을까요

무거워요 뜬구름은
하늘보다 더 무거워요

환상곡

그림자를 내려가려면

눈물을 올라가야 해

두 발자국이 남아 있어

눈물 앞에 쥐가 죽어 있어

나는 눈을 감고

너는 보지 못하고

도망칠 구멍이 없어

반은 알고 반은 모르는 곳에 서 있어

환상곡

바람이 불면 점점 커지는 귀로

거절도 마다한 네 거절을 경청하곤 했다

받지 못한 것이

넘치는 선물이 되도록

연인

죽은 새와 바람이 서로의 나무가 되어갔다

디테일

물 밖으로 막 끌려 나온

물고기의 눈과

그 눈 속

정오의 태양

종이 한 장 차이의

심연은

어제 죽은 네가

오늘 꾸는 꿈

이 세상에는 오직 새밖에 없다는 듯이*

바람도 나를 피한다
나는 8월에 간다

　점 하나가 기울어져 있다
　저것은 밤인가 침묵인가

한 쌍의 초록빛 눈동자
여자 눈사람** 품으로

　접히지 않는 네 오른쪽 귀를
　어루만진다

시간이 잠든 그곳에서
밤을 지새운다

　그 귀로 보이는 풍경일까
　너의 죽음은

대답 없는 밤이 바람에 나부낀다

나는 8월에 간다

* 마르그리트 뒤라스, 『온종일 숲속에서』(김인환 옮김, 범서출판사, 1981)를 참조.
** 김동수의 시 제목.

이 세상에는 오직 새밖에 없다는 듯이

해가 뜬다

아침이 보이지 않는다

눈물이 하나의 이름으로 불리기를 기다린다

어둠보다 긴 이름으로

빛

죽은 새는 하늘로 떨어진대

그래서 하늘이 떨어지지 않는 거래

술래

베일은 어디로
사라졌습니까

당신의 얼굴을
어디서 찾아야 합니까

목소리가 대답 뒤에 있다
자기 차례가 오지 않는다

살을 뚫고 나온 뼈처럼
베일의 베일이

침묵보다
조금 작게

애원하지 마
비밀의 주인은 비밀이야

반과거

모든 아침은
가장 오래된 아침이야

과거에 대한 희망을
버리지 마

절정의 목련 앞에선
늦었다는 느낌이 들어

다른 봄이
코앞이야

내가 멈춘 게 아니라
길이 멈춘 거야

그 길 걷는 일을
멈출 수 없어

반과거

너는 벌거벗은 나에게
조금 더, 라고 외치고
조금 더, 나를 잡아먹고

나는 남아 있는 손으로
먹히기 직전의 머리를 떼
바닥에 던지고

한 번
눈을 깜박이는 사이
네 옆이 내 앞에서 울고

사랑의 문법과 이진법 우주

권혁웅
(시인, 문학평론가)

1. 정낭의 언어

시집詩集은 당연히 시의 집이기도 하다. 장승리 시인이 지은 이번 집의 입구는 정낭으로 이루어져 있다. 정낭은 제주도 민가의 대문을 이르는 말이다. 집주인은 입구 양쪽에 세 개의 구멍을 뚫은 돌기둥(정주석)을 세워두고, 여기에 나무 기둥(정낭)을 끼워 손님에게 자신의 사정을 알린다. 정낭이 하나도 끼워져 있지 않으면 주인이 집에 있다는 뜻이고, 하나가 끼워져 있으면 주인이 잠시 나갔다가 곧 돌아온다는 말이며, 둘이 끼워져 있으면 주인의 외출이 길어지지만 오늘 내에는 돌아온다는 얘기이고, 셋이 끼워져 있으면 주인이 멀리 출

타했다는 의미이다. 이것은 이진법 언어 체계를 기반으로 하고 있다. 정낭이 있음(+)과 정낭이 없음(-), 이 두 개의 기호를 중복하여 2의 2승인 네 개의 의미(---, +--, ++-, +++)를 생산해내고 있으니 말이다. 여기에 순서를 바꾼 넷(--+, -++, -+-, +-+)을 더하면 『주역』에서 말하는 팔괘가 된다. 주역에서는 양효(陽爻, +)와 음효(陰爻, -), 둘이 셋씩 짝을 이루어 2의 3승인 팔괘를 이루고, 팔괘가 둘씩 짝을 이루어 2의 6승(혹은 8의 2승)인 64괘를 이룬다. 천변만화하는 세계가 이처럼 증식하는 이진법의 패턴으로 독해된다.

　이진법은 컴퓨터에서만 쓰이는 언어가 아니다. 우리는 세상의 모든 언어를 이진법으로 번역할 수 있다. 앞에서 보았듯 이진법은 둘(+와 -)로 셋을 표시한다. 이진법은 0(없음, -)과 1(있음, +)로 이루어지며, 2라는 숫자는 이 둘의 결합(10, +-)으로 표시된다. 이진법의 단위는 둘이지만, 그것이 자신의 기호적 역량을 드러내는 것은 세번째 표기(10=2)에서부터다. 이진법은 사실 둘이 아니라 셋을 기본적인 단위로 하는 셈이다. 0과 1, 그리고 이진법으로는 표시되지 않으나 최초의 1이 증식/결합한 단위인 10(=2)이 그것이다. 이진법은 이 세번째 항의 역량이다. 숫자만이 아니다. 세상의 모든 것이 둘을 매개하거나 결합하는 셋을 품고 있다. 양성 인간(남녀를 결합한 셋), 여명 내지 황혼(밤과 낮을 결합한 셋),

바다(하늘과 땅을 매개하는 셋), 도깨비(신과 인간을 결합한 셋), 가위바위보 중 어느 하나(나머지 둘의 승패를 뒤집는 제3의 기호), 예수(신과 인간의 매개자인 육화된 신), 성령(무한한 성부와 유한한 성자의 분열을 매개하는 제3의 신), 상상력(이성과 감성을 매개하는 능력), 실재(상징의 왜곡과 상상의 실패를 통해 드러나는 제3의 계) 혹은 상상(실재와 상징을 매개하는 의미 작용), 환유(은유와 제유를 매개하는 비유), 페티시(우상과 토템을 매개하는 의미 체계), 미(진과 선의 영역에서 떨어져 나옴으로써 둘의 거리를 측정하게 하는 무관심성의 영역), 지표(상징과 도상을 매개하는 기호)…… 예를 들자면 한이 없을 것이다. 이진법은 이 세계의 구성 원리다.

장승리의 시 세계가 이진법의 언어로 적혔다는 것은, 시인이 이분법적 상상력에 토대를 두고 있다거나 이항 대립적 의미로 사건들을 기록한다는 뜻이 아니다. 이 시집이 둘을 하나로 세는(하나의 단위로 하는) 문법을 갖고 있다는 뜻이며, 그것의 구성 요소가 0과 1로 대표되는 양항이라는 뜻이다. 하나로 세어지는 둘을 우리는 연인이나 부부라고 부른다. 시인이 "죽은 새와 바람이 서로의 나무가 되어갔다"(「연인」)고 적을 때, 우리는 이 둘(0과 1)이 모여 하나로 세어진 둘(연인=두 그루 나무)을 목격한다. "죽은 새"는 생명을 잃었다는 점에서 0이지만 몸을 갖고 있다는 점에서는 1이다. "바람"은 형체가 없다는 점에서 0이지만 현존한다는 점에서는 1이다. 둘은 서로가 서로에게 "나무"가, 말하자면 상대방과의 거리로만 자신의 자리를 측정할 수 있는 존재가 된다. 둘은 자신의 실존을 상대방의 실존에 걸고 있으며, 이 때문에 상대방이 사라지면 자신도 소멸해버린다. 하나가 없어지면 다른 하나도 없어지는 둘의 이름이 "연인"이다.* 연인이 주체가 된 언어이므로 이 시들은 사랑의 문법으로 적혔다.

2. 없는 '너'가 있다

1과 0, 이 둘이 결합하여 하나(10=2)가 된 연인은 없는 '너'와 있는 '나'로 구성된다. 10은 이진법이 둘을 결합하며 완성한 다음 단계의 수다. 연인은 이처럼 존재 변환을 이루어낸 이진법 우주binary universe의 단위다. 연인이 1과 0으로 이루어져 있다는 것은 현존과 부재가 함께 있다는 뜻이기도 하다. 내가 있다면(1이라면) 너는 없을 것이다(0일 것이다). 반대로 네가 있다면(1이라면)

---

* 시인의 이전 시집에 해설을 맡은 평자들은 '거울'(허윤진)과 '푸가'(조강석)에 주목했는데, 이 둘도 이진법 언어에 속한다. '거울'이 대상을 공간에서 배가倍加한다면, '푸가'는 대상을 시간에서 배가한다.

나는 죽어 있을 것이다(0일 것이다). 대체로 발화의 전제가 현존이므로 '나'가 있으면 '너'는 없다. 아니, '너'는 없음으로써만 여기에, 내 곁에, 이 안에 있다.

천국에서는 오른쪽으로만 걷는대

왜

왼쪽이 없으니까

왜

완벽하니까

왜

완벽해야만 하니까

왜

네가 없으니까

왜

천국이 아니니까

왜

오른쪽으로만 걸으니까

—「좁은 문」전문

    하나의 진술이 제시되고("천국에서는 오른쪽으로만 걷는데"), 뒤를 이어 여섯 개의 질문과 여섯 개의 대답이 이어진다. 이 과정에서 최초의 진술은 부정된다. 천국에서는 우측통행이다. 천국은 올바른 자들이 가는 곳이니까. '오른'은 '옳은'에서 나왔고 '왼'은 '그른'에서 나왔다. 그러니 거기에 왼쪽이, 잘못된 것이, 오류가 있을 리 없다. 그곳은 완벽하다. 그러나 이 선언(천국은 완벽하다)은 당위(천국은 완벽해야 한다)의 변형된 표현일 뿐이다. 당위가 요구된다는 것은 이미 거기에 실제와의 불일치가 있다(천국은 불완전할 지도 모른다)는 뜻이다. 천국이 완벽한 곳이라면 오류, 불일치, 부재마저 있어야 하는 것 아닌가? 그런데 그것들이 있다면 천국은 완벽한 곳이 아니다. 이 모순을 집약하는 말이 다음에 나온다. "네가 없으니까". 네가 없는 곳이 천국일 리 없으므로, 최초의 진술은 천국의 부재를 나타내는 증거물이 되고 만다. 시인이 '시인의 말'에서 소개한 이상한 시간도 이 현존의 부재 혹은 부재의 현존과 관련되어 있다.

> 네가 내게 온 건 어제 일 같고,
> 네가 나를 떠난 건 아주 오래전 일 같다.

네가 오래전에 나를 떠났다면 어제 나를 찾아온 너는 누구일까? 먼 과거에 떠난 네가 가까운 과거에 돌아온 것일까? 아니, 그랬다면 두 줄은 순서를 바꾸어 적혔어야 했다. 사실은 이렇다. 너는 오래전에 나를 떠났으며(부재), 그럼에도 불구하고 어제도 나와 함께 있었다(현존). 없는 네가, 바로 그 없음이라는 형식으로, 나와 함께했던 것이다. '맹목'이란 바로 이런, 없는 너를 보는 눈을 말한다.

> 나는 왜 당신이 보고 싶은 게 아니라
> 보고 싶지 않을 때까지 보고 싶은 걸까요
> ──「맹목」(p. 19) 전문

맹목盲目은 '먼눈'이자 '간절한 눈'── '맹목적으로'라고 말할 때의 그 간절함을 가진 눈──이다. 나는 눈앞의 당신을 보고 싶은 것이 아니다. 눈앞에는 당신이 없다. 나는 없는 당신, 눈으로 볼 수 없는 당신, 먼눈으로만 볼 수 있는 당신이 보고 싶다. 그래서 "보고 싶지 않을 때까지", 보고 싶음이 그 모든 가능성을 실현할 때까지 당신을 보고 싶어 할 것이다. 내게 맹점blind spot이 있는 것도 그 때문이겠지. 너를 보는 동안 내게는 너를 볼 수 없는 지점이 생겨난다. 그는 내 눈 속의 맹지盲地에 들었으며, 나는 맹점으로만 그를 본다. 그리고 그것이 이 연인들이 실천하는 사랑의 형식이다.

> 너는 한쪽 눈만 감고
> 나는 한쪽 눈만 뜨고
>
> *보고 싶어요*
>
> 머나먼 눈에 이끌려
> 얼룩진 길을 걷다 보면
>
> *보고 싶어요*
>
> 날개가 어떻게
> 나비를 고정시키는 편이 되는지
>
> *보고 싶어요*

숟가락으로 벽을 파다 어떻게

파먹게 되는지

—「맹목」(p. 20) 전문

 윙크할 때 한쪽 눈은 뜨고 한쪽 눈은 감는다. 그러니
네가 한쪽 눈만 감는 것과 내가 한쪽 눈만 뜨는 것은 같
은 것이다(1연). 사전적 의미에서 '먼눈'은 멀어버린 눈
이자 먼 곳을 보는 눈이다. 이 이중 의미 덕분에 "머나
먼 눈"은 맹목이 된다(3연). 둘은 그처럼 하나가 있으면
(볼 수 있으면), 다른 하나가 없는(=볼 수 없는) 방식으
로 서로를 보고 싶어 한다. 이 모순은 "나비"의 날개는
나는 용도가 아니라 곤충채집망 속에 고정되기 위한 용
도로 쓰이거나(5연, "새"와 "나비"에 관해서는 잠시 뒤에
설명할 것이다) 탈옥을 위한 시도가 갇힌 삶에 대한 탐
닉으로 변하는 것과도 같다(7연). 그리고 그 모든 사이
를 이탤릭체로 적힌 고백("*보고 싶어요*")이 지나간다.
바람처럼. 부재의 현존처럼. 부재하지만 바로 그 부재의
형식으로 현전하는 '너'와의 사랑은 따라서 정점이 몰
락이다.

 너는

 처음 본 절벽

 떨어지는 내내 너와

눈 마주칠 수 있다니

　　　　　　　　　　　—「생의 한가운데」 전문

너는 대지가 아니라 절벽이다. 나는 어디에도 거할 수 없게 되어서야, 곧 장소를 잃고 나서야 너를 만난다. 네가 '장소-없음'에 있기 때문이다. 따라서 대지의 상실=추락만이 너와의 대면을 가능하게 한다. 추락의 순간 나는 너와의 불가능한 만남을 실현한다.

3. 기원, 하나(1)를 낳은 무(0)

공간 차원에서 너의 부재는 '장소-없음'으로 표시된다. 그렇다면 시간은 어떨까? 네가 지금 없다면 예전에는 있었을까? 네가 예전에 있었다면 그때의 나는 어땠을까? 사람들은 시간의 흐름을 인과관계로 설명하곤 했다. 현재는 과거의 결과이며 과거는 그 이전의 과거(과거의 과거)의 결과이고…… 이렇게 계속 이어지다가 마침내 그 이전을 찾을 수 없는 과거에 이른다. 모든 것의 원인이면서 다른 것의 결과가 아닌 이 시간을 우리는 기원이라고 부른다.

　　다른 이유로 눈이 내린다

쌓이지 않는 눈으로

아이는 없는 유년으로

눈사람을 만든다

작은 눈물 위에

더 작은 눈물을 올려놓고

너의 플래시 속으로 들어간다

눈사람만이 기적을 믿는 곳으로

——「눈사람」 전문

　한 사람의 일생에는 기억이 시작되는 처음 자리가 있다. 이 기원의 시간이 유년이다. 그런데 「눈사람」의 아이에게는 유년이 없다. "아이는 없는 유년으로//눈사람을 만든다". 눈사람은 유년의 ʹ없음ʹ을 표시하는 증거물이다. 그것은 "작은 눈물 위에//더 작은 눈물을 올려"서 만든다. 유년은 없었으며, '유년의 상실/상실된 유년'만이 혹은 그것의 감정적 등가물인 "눈물"만이 있었다. 그런데 바로 그런 상실과 슬픔만이 "니의 폴래시 속으로 들어"가는 방법이 된다. 너의 부재가 너의 현전의 조건이듯이, 부재하는 기원이 너와의 대면을 가능하게 하는 것이다. 그것이 기적이 아니라면 무엇이겠는가?

어제 나는 목을 매단 어린이

엄마는 그런 나를 벽에 액자처럼 걸어놓고

나는 나를 바라본다

이를 연속해서 두 번 닦는다

여전히 밥알이 입안에서 돌아다닌다

—「가설」 전문

유년의 나에게 스위트 홈은 허락되지 않았다. "어제 나는 목을 매단 어린이"였고, 어머니는 나를 "액자처럼 걸어놓고" 구경한다. 어머니는 장소로 표현된 기원이다. 내가 어머니 배 속에서 나왔으니까. (2연의 술어가 잘려 나가면서) 어머니의 시선은 나의 시선으로 옮겨온다. 이제는 어머니가 아니라 내가 "나를 바라본다". 지금의 내가 유년의 죽은 나를 바라보는 것이다. 이것은 일종의 원장면이다. 원장면이란 지금의 나를 구성했다고 생각되는 기원으로서의 이미지를 말한다. 그것은 '지금'이 만들어낸 사후의 구성물이지만, 여전히 시간의 처음 자리에 있다. 내가 "거울을 뚫고 나온 구멍이/나를 메우는 순간"(「그 후」)이라고 적을 때, 그 구멍을 메워 나를 '구성'하는 것이 바로 원장면이다. 이 논리에 따르면 없는 '나', 죽은 '나'가 지금의 나를 낳았으며, 그래서 나는 죽은 나를 회상한다(=시간을 거슬러 쳐다본다). 밥을 먹고 이를 닦는 게 아니라 이를 닦은 후에도 식사가 계속되듯이. 기원이 실낙원으로, 그것도 낙원의 상실이 아니라 처음부터 상실된 낙원으로 체험되는 것도 같은 이유에서다.

나뭇잎으로 가려지지 않는 앙상함

허기를 추월한

더 이상 발라낼 수 없는 빛 앞에서

눈이 부시다

셀 수 없는데도 부족하다

—「에덴의 서쪽」 전문

에덴은 둘이 한 몸으로 세어진 시대다. 둘이 서로를 탓하며 분리되자 실낙원의 시대가 열린다. 시는 바로 그 순간을 그린다. 제목에서부터 이미 낙원의 시절이 다했다는 사실이 암시된다. 벗은 걸 깨닫고 "나뭇잎"으로 몸을 가리려 들었으니 실낙원은 돌이킬 수 없는 것이 되었다. 그런데 이 순간이 역설적으로 가장 밝은 때다. 지혜의 나무 열매로 인간의 눈이 밝아졌으며, 그의 벗은 몸을 비추는 빛도 눈이 부실 만큼 환하게 쏟아지고 있으니까. 빛은 더는 발라낼 수 없을 정도로 너/나를 파고들었다. 그러자 나/너는 "셀 수 없는데도 부족"해졌다. 셀 수 없다는 것은 '하나(1, 10……)'가 되지 못했다는 뜻이다. 하나부터 셀 수 있으니까. 부족하다는 것은 그 현존이 자꾸 옅어지고 있다는 뜻이다. 이를테면 0.1로, 0.01로, 0.001로…… 그러나 그것은 완전한 무는 아니다. 현존(지금의 1)을 낳은 무(0)이기 때문이다. 모든 존재자(각각의 1들)는 현존하지 않는 존재(0)의 산출물들이다. '너'가 '장소-없음'으로 나의 있음을 가능하게 하듯, 기원은 '때-없음(0)'의 형식으로 현재의 '있음(1)'을 가능하게 해준다.

4. 동물들, '너'와 '나'의 변용變容들

이제 너와 나의 현존에 관해 말할 차례다. 너/나가 부재/현존으로 짝을 이룬 연인이므로, 둘은 그야말로 존재의 숨바꼭질을 벌인다(이 시집이 쏟아내는 엄청난 정념은, 상대방의 현존/부재에 자신의 부재/현존을 걸고 있는 연인의 발화법에서 비롯된 것으로 보인다). 무의 경계에서 무수한 것이 생겨났다가 사라진다. 동물들이 출현하는 지점이 여기다. 동물은 제 자신의 현존과 분리되지 않는 존재자다. 동물의 언어는 추상화되어 있지 않다. 인간의 언어와 달리 동물의 언어는 그 동물이 처한 상황과 유리될 수 없다. 동물은 현존의 증거다. 나비, 고라니, 거미, 새, 나방, 돼지, 개, 물고기⋯⋯들은 너와 나의 변용인 셈이다.

① 일시에 사라진 몸의 무게를
   앞발은 감당할 수 없다

   [⋯⋯]

   기다린다
   다가오는 모든 것을 뺀 모든 것을
                                    ─「고라니」 부분

② 눈앞의 거미가 꿈쩍도 하지 않았다

　사랑해

　모르는 말이 그렇게 나를 주인으로 점찍기도 했었다
　　　　　　　　　　　　　　　　—「거미줄」부분

③ 물 밖으로 막 끌려 나온

　물고기의 눈과

　그 눈 속

　정오의 태양

　[……]

　어제 죽은 네가

　오늘 꾸는 꿈
　　　　　　　　　　　　　　　—「디테일」부분

④　눈물은 숟가락 같고

나는 배가 너무 고파서

[……]

숟가락 위 작은 새

작은 새 아래 죽은 새

경계가 가장 가려워요

참지 못하고 또 긁어요

상처가 번지고

경계가 이동해요

경계 아닌 곳이 없는 곳에서

나는 죽은 새를 만질 수가 없어요

한 번만 더 말할게요

나는 작은 새를 사랑해요

―「폭식」 부분

⑤　손 하나가

날개를 스친다

뜨겁지도 차갑지도 않은 그 손을

나비가 본다

안녕, 나의 영원

중얼거린다

——「유월」부분

① 로드킬 당한 고라니는 무nothing에 짓밟힌 연인이
다. 그의 몸을 으스러뜨리고 간 차는 지금 흔적도 없다.
고라니는 사라진 몸, 그 무의 무게를 감당할 수 없어 앞
발을 꺾은 채 "다가오는 모든 것을 뺀 모든 것"을 기다
린다. 그가 기대하는 것은 그에게 예비된 운명이 아니
다. 그의 기다림은 운명 이후에도 계속될 것이다.

② 연인은 고백의 거미줄에 걸린 자다. 거미줄에 걸
린 곤충처럼 나는 "사랑해"라는 말에 옴짝달싹 못하게
사로잡혔다. 그러나 그 고백은 "모르는 말"이다. 곧 나
의 것이 아니다. 고백이 나를 사로잡은 것이지, 내가 고
백을 소유한 것이 아니기 때문이다. 고백하는 이는 고
백하지 않을 수 없기에 고백을 한다. 사랑은 그처럼 타
율적인 것이지만, 한번 거기에 포획되면 나는 주인 노
릇을 해야만 한다.

③ "물 밖으로 막 끌려 나온//물고기"는 곧 죽음을 맞
이할 것이다. 마지막 숨을 쉬는 물고기의 눈 속에 모든
생명의 원천인 태양이 비친다. 물속에서는 볼 수 없었
던 빛이다. 물고기 역시 죽음의 자리에 와서야 비로소

삶을 체험한다.

④ 나는 (이 시집에 여러 차례 등장하는) "새"가 동물의 일종인 것에 더하여 '사이'의 준말이라고 생각한다. "새"는 공간의 간격이자 시간의 간격이다. 그 자신을 허공으로 채우고 있으므로 이 새들은 날지 못한다("나뭇가지를 떠나지 않고 까치가//한자리에서 계속 방향을 바꾼다", 「풍향계」). 「폭식」의 '나'는 눈물을 일용할 양식으로 삼고 있다. 그 숟가락=눈물 위로 "작은 새"가 비친다. 숟가락이 만든 오목거울은 위아래 반전된 상을 제공한다. 따라서 이 새 역시 위로 날지 못하고 아래로, 말하자면 내 안으로 추락한다. 제목을 이룬 '폭식'은 사랑하는 대상에 대한 탐닉의 다른 이름이기도 하다. 모든 경계에서(실은 "경계 아닌 곳이 없"는데), 나는 숟가락 위에 얹힌 작은 새를 본다.

⑤ 나는 또한 (이 시집에 여러 차례 나오는) '나비'와 '나방'이 '나'를 품고 있는 게 우연이 아니라고 생각한다. 이들은 '나'의 리듬적 변용이며, 나+비悲 혹은 나+방房으로 분해된다. 전자는 (사랑과 눈물을 결합하고 있는) 나의 정념을 표시하며, 후자는 (고립 혹은 고독에 처해 있는) 나의 장소를 표시한다. 「유월」의 마지막 장면에서, 죽어가는 나비에게 '너'의 손이 스친다. 나비는 그 손에 대고 "안녕, 나의 영원"이라는 말로 작별을 고한다. 무에서 나와 현존의 경계를 스쳐 무로 돌아가는

나에게는, 바로 그 경계와의 접촉만이 실존을 보장하는 영원의 순간이다.

이들은 모두 죽어 있거나 죽어간다. 동물들은 어떤 만남—연인이 품고 있는 둘의 형식—을 통해서만 자신의 현존/발화를 보장받을 수 있는데, 그 만남 안에 이미 무(0)가 포함되어 있기 때문이다. 그럼에도 불구하고 이 무無는 '아무것도 아님, 아무 일도 일어나지 않음'이 아니다. 무로서의 사건이란 무엇일까? 이것이 이 글이 마지막으로 해명해야 할 질문이다.

5. 사건, 운동하는 무nothing

우리는 연인(하나로 세어진 둘)을 발화의 주체로 삼은 이진법 우주의 문법을 따라왔다. 내가 발화하고 있다는 것은 '너'가 부재하다는 뜻이며, 네가 모습을 드러낸다는 것은 내가 죽었다/죽어간다는 뜻이다. '장소-없음'으로서의 너와 '때-없음'으로서의 기원이 지금-이곳을 낳은 산출자다. 지금-이곳을 채우는 동물들이 그렇게 산출된다. 존재와 무의 경계를 스치는 가뭇없는 이 존재자들은 연인인 '너'와 '나'의 변용들이다. 동물들은 너/나의 정념, 고독, 사랑을 증언하기 위해서만 생겨났다가 사라진다. 이 생겨남을 '사건'이라고 부르자.

사건이란 (나/너, 현존/부재, 생명/죽음, 존재/존재자라는) 둘이 하나로 세어지기 위해서 필요한 공백의 이름이자, 이 둘=하나(2=10)가 동물들로 변환되는 문턱이다. 공백은 텅 빈 곳이 아니라 무엇인가 일어나는 곳이다. 그러나 그 '무엇'은 실체(무엇)가 아니라 운동(일어남)이다. 실체로서의 그것은 'nothing'이지만, 그렇다고 해서 그것을 단순한 무라고, 비존재라고 말할 수는 없다.

　맞은편 창문으로 보이는 내 뒤통수는 나에게 그만하라는데 그만해야지라는 그만할 수 없다는 말을 중얼거리며 나는 무엇을 노려보고 있나 오늘은 흔들리는 어제 내일은 없는 창문 그 너머 너에게 보내는 편지에 왜 내가 답장을 해야 하는지 너에게 받지 못한 답장을 내게 받는 매일매일 해를 향해 뒤로 걷는 나는 너에게 답장이 아닌 것을 받고 싶었다 너무 많은 nothing이라는 답장을 또 받았다

　　　　　　　　　　　　　　　　　　　—「더 많은 nothing」 전문

　원장면 속의 '나'("맞은편 창문으로 보이는 내 뒤통수")가 그것을 보는 나에게 "그만하라"고 말을 건다. 보는 것을 멈춰라. 그러나 "그만해야지"라는 말은 "그만할 수 없다"는 말과 같다. 이진법 우주 속의 둘(보는 나/보이는 나, 멈추는 나/계속하는 나, 보내는 나/받는 나……)은 바로 그 '바라봄'으로, '운동'으로, '주고받음'으로

묶여 있기— 하나로 세어지기— 때문이다. 어제와 오늘
과 내일은 기원을 향해 사라지는 운동("흔들리는 어제")
과 사이 없음("내일은 없는 창문")으로 설명된다. 너의
부재를 나의 현존이 대신하고 있기에 네게 보낸 편지의
답장을 쓰는 사람은 나일 수밖에 없다. 나는 그 답장 밖
으로 나가고 싶지만 "너무 많은 nothing"인 이 답장을
받지 않을 방도가 없다. 무無를 내다 버릴 수는 없으니
까. 그런데 이것은 단순한 무, 비존재로서의 무, 아무것
도 아닌 무가 아니다. 보라, 이 과정에서 'nothing'은 주
고받을 수 있는 것, 셀 수 있는 것이 되었다.

이 무는 예컨대 "일시에 사라진 몸의 **무**게"(「고라
니」), "노란색이 빠진 **무**지개"(「그 후」), "문턱 위의 **무**
덤"(「거미줄」), "**무**수하게 취소한 말들"(「달콤한 인생」),
"뜬구름은/하늘보다 더 **무**거워요"(「환상곡」)……와 같
은 문장들에 담긴 '무'다.* 연인이 고백의 즉각성에 자
신의 전 존재를 건다는 사실을 상기하자. 저 기표들이
품은 '무'는 현존의 갈고리가 걸리는 지점이며, 거기에
기의의 긴 사슬이 따라온다. 몸의 무게는 사라졌으나

* 이 시집에서 '無'는 "無用"(「고도 애도」), "그만큼의 無"(「전쟁과
평화」), "無의 귓등"(「환상곡」, p. 48), 이렇게 세 번 출현한다. 그
런데 이것만이 아니다. 다른 단어들의 일부에 포함된 '무'에도
이 뜻은 들어 있다. (본문에서 언급한 단어들 외에도) "너무 많은
nothing"은 이미 증식한 무이며, 세 편의 시에 등장하는 "**나무**"는
('나비'나 '나방'이 그렇듯) '나' + '무無'의 합성이다.

그것은 여전히 무겁고, 노란색이 빠진 무지개는 결여를 품은 채로 여전히 떠 있으며, 무덤은 죽음을 품은 채 동그랗고, 말들은 취소하기 전에 이미 발화되었으며, 부운浮雲은 제 무게를 견디며 간신히 떠 있다. 어떻게 이를 사건이 아니라고 말할 수 있겠는가?

흙을 닦는다

없는 얼굴이

없었던 얼굴이 되도록

없었던 얼굴이

깨끗한 얼굴이 되도록

—「꽃다운 나이」 전문

우리는 "흙"에서 지어졌으므로 "흙은 닦는" 행동은 우리 자신을 씻는 일이다. "없는 얼굴"은 현존하지 않는 너를, "없었던 얼굴"은 기원에서부터 부재했던 너를, "깨끗한 얼굴"은 그 모든 것이 일소一掃된 상태의 너를 보여준다. 제목이 말하는 "꽃다운" 시절, 낙원의 시절은 우리에게 없었다. 우리는 실낙원으로서만, 낙원의 부재로서만 낙원을 회상할 수 있다. 하지만 없는 얼굴이 없었던 얼굴이 되고, 없었던 얼굴이 다시 사라진 얼굴이 되는 동안 무엇인가 일어났다. 이 모든 없앰(닦는 일)의 과정 속에서 얼굴은 없앰의 대상으로 남아 있다. 바로 이것이 무가 우리를, 너를, 사건을 불러내는 방법이다.

개별자들만을 강조하는 이 각자各自의 시대에 시인이 소개한 이진법의 우주는 놀랍다. 유언流言과 비어蜚語의 시대에 순결한 고백만으로 채워진 이 사랑의 문법은 놀랍다. 사랑의 발화임에도 불구하고, 이 시집에는 과장이나 들뜸이 없다. 이토록 단정한 문장들로 이토록 들끓는 정념을 말하는 것도 놀랍다. 입을 막아도 울음은 소리 없이 새어 나오고 숨을 죽여도 어깨는 고요히 흔들린다. 이 시집으로 인해 우리는 상대를 눈앞에 둔 사랑이 아니라 없는 상대가 있는, 곧 상대가 부재함으로 현전하는 사랑을 알게 되었다. 당신은 사랑하는 이가 있는가? 이 시집을 읽어보시라. 사랑하는 이가 지금 없는가? 이 시집을 읽어보시라. 그러면 당신은 어느 상황에서도 당신이 깊이 사랑하고 있었음을 알게 될 것이다.